AF383743

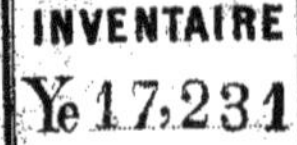

LES
REFRAINS
DU SOLDAT

RECUEIL

de Chansons, Chansonnettes et Scènes comiques

PAR

ÉMILE CARRÉ

ET

LES MEILLEURS AUTEURS

PARIS

A. HURÉ, LIBRAIRE-ÉDITEUR

14, RUE DU PETIT-CARREAU, 14

LES
REFRAINS
DU SOLDAT

RECUEIL

de Chansons, Chansonnettes et Scènes comiques

PAR

ÉMILE CARRÉ

ET

LES MEILLEURS AUTEURS

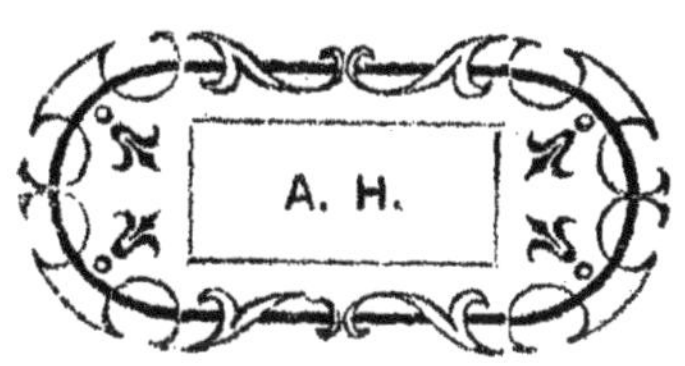

PARIS

A. HURÉ, LIBRAIRE-ÉDITEUR

14, RUE DU PETIT-CARREAU, 14

REFRAINS

DU SOLDAT

LE CAPITAINE PLASTRON

Air : *Eteignons les lumières et rallumons le feu* (BÉRANGER).

Quéqu' vous v'nez m' parler d'Attila ;
   J' veux qu' cent chiens vienn'nt m' mordre
Si j' connais c' particulier-là,
   Dont l' nom sert de mot d'ordre.
  Mais j' connais mes règl's de tir
  Mieux qu'un officier d' Saint-Cyr ;
   Moquez-vous d' ma bedaine
Et répétez que j' suis épais ;
   J' suis tout d' mêm' capitaine,
   Voilà ce que je sais.

Quéqu' vous m' parlez d' mossieu Boileau...
   D'Ésope et de Carrache ;
Ces machin's-là vont-i' sur l'eau ?
   N'ya pas besoin qu' je l' sache ;
  J'os' me vanter d'êt' savant,
  Vu que j' sais mon règlement.
   Mais vot' philosophie,
Vot' réthorique et cœtera,
   J' vous dis qu' la théorie
   N' parl' pas d' tous ces gens-là.

Hier, mon sous-lieut'nant m'écrit,
  Dans l' courant d' la journée :
— Y a l' fourrier qu'est encore au lit,
  Dans les bras de Morphée.
  — Morphée! qu' je m' dis; qu'ai-je lu?
  C' nom-là n' m'est pas inconnu :
  C'est sans dout' sa maîtresse.
Là-d'ssus, ma foi, je l'ai puni
  Pour avoir eu l'adresse
  D' la faire entrer chez lui.

Quéqu' vous m' parlez de Paméla,
  D'Estelle et d'Arthémise,
Un tas d' danseus's d' l'Opéra
  Que l' commandant courtise.
  Les danseuses, sur ma foi,
  Sont trop légères pour moi.
  J'aim' mieux les dardanelles;
En v'là des fill's qu'ont des talents!
  Et j' suis admis chez elles
  Quand j' touch' mes appoint'ments.

J' cours chez l' maît' tailleur au galop
  Pour lui faire un reproche.
(Equitable ou just', c'est l' mêm' mot
  Dans l' dictionnair' de poche).
  Ah! ça, que j' vas lui conter,
  Vous voulez m' faire éclater!
  Dam', c'est abominable.
Pour ma tuniqu', ya pas d' bon sens,
  Elle est trop *équitable*,
  Je n' peux pas rester d'dans.

Quand l' factionnair' frappe un coup sec
  Pour me porter les armes,
J' suis tout penaud, sauf vot' respect,
  Et j' sens couler mes larmes.
  Être un officier parfait,
  Moi qu'ai rien dit ni rien fait,
  Vous m' direz qu' c'est cocasse :
Souvent, dans l' métier d' fantassin,
  C'est en restant en place
  Qu'on fait le plus d' chemin.

Émile CARRÉ.

PILLIOU

LE FUSILLIER DU IOI^{ME}

Chanté au Café concert de *la Perle*,

Par M. LUCE.

Paroles de ALEXIS BOUVIER.

La Musique se trouve chez **A. HURÉ**, libraire-éditeur, à Paris, rue Dauphine, n° 44, près le Pont-Neuf.

C'est moi qui suis du métier militaire,
Le vrai soutien,
Par mon maintien,
Dans la paix, dans la guerre.
Aussi l'on dit partout :
Tiens, c'est le petit Pilliou,
Le petit Pilliou,
Le petit pousse caillou.

(PARLÉ.) Pousse caillou ! pousse caillou, c'est en arrière qu'ils le disent, les lâches ! C'est Pilliou que je suis, fusillier du 2me de la 3me du 2me du 101me, compagnie des litres !... Pour lors qui faut que vous sachiez que mon père voulait que je fusse artiste ; moi que je voulais t'être perruquier ! mais que nous ne comptions pas sur le Gouvernement qu'il a voulu que je sois militaire, et ma foi que subséquemment et nonobstant que je sens que vraiment que je lui en suis infiniment reconnaissant. D'abord, je vous dirai que je suis heu-

reux par le rapport de ce que, relativement et jugulai-
rement parlant, je connais depuis peu le moyen qu'est-ce
que c'est d'être gradé par la cause que le sergent que
je lui ai demandé : dites-donc, sergent, c'est-il vrai que
tant plus que l'on a de nez, tant plus que l'on est gradé?
(*Le sergent.*) Certainement, z'espèce de fétus que t'es.—
(*Pilliou.*) Mais dites-donc, sergent, que j'ai des chances
alors ! (*Le sergent.*) Inférieurement !—Vous comprenez
bien que depuis ce moment-là que je le soigne, mon nez,
je le bourre de tabac à l'en faire éclater, si bien que
quand je me mouche, le caporal, qui craint que le coronel
m'entende et ne me porte au tableau d'avancement, il
dit au trompette : il se mouche, *sonnez !*... Ah ah! suf-
ficit, je calembourde :

REFRAIN :

Vive la corvée et mon bel état ,
Aussi je veux vivre et mourir soldat.
Amant de Vénus, ami de la gloire,
On verra mon nom briller dans l'histoire.
Vive la corvée et mon bel état,
Aussi je veux vivre et mourir soldat.

Le coronel veut que j'apprenne à lire,
Je le veux bien;
Si j'apprends rien,
On pourra pas me dire :
Pilliou est un crétin,
Une ganache, un pékin.
J'aurais cherchére
Le moyen d' m'éduquére.

(PARLÉ.) Pour lors que c'était à la classe que le sergent
Brémour qui me dit : n° 2, Pilliou. — (*Pilliou.*) Présent.
— (*Brémour.*) Qu'est-ce que c'est que le sustampif?
—(*Pilliou.*) Le sustampif, sergent? ah oui ! Je ne sais pas
sergent. — (*Brémour.*) Espèce de peigne, serin que t'es.
Le sustampif que c'est une chose qui peut se prendre
comme qui dirait mon schako, mon sabre ou ma pipe.
—(*Pilliou.*) Oui, sergent, c'est comme qui dirait la
substance du pif! —(*Le sergent.*) Pilliou, vous me ferez
deux jours de clou pour cette réponse incidieuse et falla-
cieusement rétrospective. — (*Pilliou.*) Mais, sergent. —
(*Brémour.*) Pas d'observation. Répondez : dans le feu

surgit de l'étable ! ousqu'est le sustampif ?—(*Pilliou.*) Le sustampif, sergent... Mais je ne vois pas de sabre, de schako ni de pipe dans le feu...—(*Brémour.*) Pilliou, vous me ferez redeuse jours de clou pour cette réponse cataplastique. — (*Pilliou.*) Mais, sergent, mettez-vous à ma place.—(*Brémour.*) Deux jours pour avoir fait àvotre supérieur cette proposition incommensurable ! Et apprenez que dans le feu surgit de l'étable le sustampif ; il est sur le j, puisque le feu il est surgit de la table.... Cette fois, j'en fus atterrissé ; aussi, je me disais à part moi : Oh ! Pilliou, j'en rougirais de honte si j'étais *qu'à ta place.* Oh ! oh ! suffoit, je recalembourde ? (*Au refrain.*)

Toujours premier quand on sonne l'exercice,
Tout astiqué,
Frais pommadé,
A cheval sur le service,
Je descends lestement,
Et vais subséquemment
Saluer gaîment
Mon superbe sergent.

(PARLÉ.) Figurez-vous que l'autre fois, j'étais de service à la porte du quartier ; voilà qu'il arrive un pays à moi, Bridot, de la 3ᵐᵉ du 98ᵐᵉ. Il venait voir Redon le tambour. C'était le sergent Jouvigniol, qu'est sourd comme un pot, qui était justement de planton. — Sergent, qu'il y dit, je voudrais parler à Redon ? — Vas chercher Frémy, qu'se dit le sergent.— Mais, sergent, c'est Redon que je... —Ah ça, tâchez de savoir que je sais ce que je dis ; et soyez inopinément moins fallacieux à mon égard ; Pilliou, aller chercher Frémy ! — Je vais chercher Frémy, je l'amène. — Mais, qui dit, je ne connais pas cet homme-là, sergent.—(*Le sergent.*) Qu'est-que vous dites? Et vous ?— Moi non plus, sergent, je demandais Redon !—(*Le sergent.*) Qu'est-ce que vous m'embêtez ; fichez-moi ces deux hommes-là au clou jusqu'à ce qui se reconnaissent. — Tout à coup, le sergent il me dit : Pilliou, tu vas prendre une pelle et une pioche, tu vas creuser un trou dans la cour, et tu mettras dedans le fumier qui affectionne dans le quartier. — Je creuse mon trou, je mets le fumier. Ça y est, que je dis, sergent ; mais dites-donc, ousque faut mettre la terre ? — Quelle erre ? — La terre que j'ai mis le fumier à la place.

—Imbécile, qui me dit, tu ne pouvais pas faire ton trou
plus grand, donc?... C'était vrai, j'y avais pas pensé.
Oh! c'est qu' c'est un malin, le sergent; aussi vrai, là,
j'en suis fier. C'est qui connaît la hiérorigarchie, allez.
Tenez, pas plus tard qu'hier, qu'il voit sortir le petit
Lousticot qui fait toujours son fendant; il allait voir sa
personnière. — Le sergent le regarde : Il me semble,
Lousticot, qui dit, que la partie supérieure de votre
fourreau de baïonnette il manque de réverbération à sa
superficie, et que le troisième bouton de votre guêtre
il dévie de trois quarts de millième de la ligne horizon-
tale et perpendiculaire, ce qui dérange l'harmonie symé-
trique et rétrospective de votre individu, et puis, mais...
qu'est-ce que vous avez donc sur le nez? — (*Lousticot.*)
Des lunettes, sergent, je suis myope. — Comment, des
lunettes; vous un simple soldat; qu'est-ce que je por-
terai donc, moi, votre supérieur?... alors, des télescopes?
— Il en fut ébobi. Aussi, j'aime mon régiment, j'en suis
fier, et j'aime entendre l'appel, ça me ranime, ça me ra-
gaillardit; enfin, c'est avec l'*appel* que j'entretiens mon
feu. Oh! ah! suffit, je recalembourde. (*Au refrain.*)

LE GRENADIER

Air : *Jamais la foudre ne s'abat*
Sur la capote du soldat.

Lorsque notre vaillante armée
Porta ses aigles en Crimée,
Je laissai là tous mes outils,
Et comme engagé je partis.
Je n'allais pas chercher un grade,
Mais j'adorais la fusillade;
Je ne rêvais, pour tout laurier, } *bis.*
Que le pompon de grenadier. }

Je l'ai, cette flamme écarlate,
Et s'il fallait qu'on se rebatte,
Je marcherais comme un lion
A la tête du bataillon.
Affronter le plomb, la mitraille,
Gagner la croix ou la médaille,
Monter à l'assaut le premier, } *bis.*
C'est le devoir du grenadier. }

Il en est qui viennent me dire :
« Tu n'es pas mal, et tu sais lire ;
A toi les galons de sergent,
Et plus d'honneurs et plus d'argent. »
Trois francs d'or au bas de la manche,
Ça vous fait coucher sur la planche ;
On fait mieux son petit métier   } *bis.*
Quand on est simple grenadier. }

Je songe à la première femme
Que je poursuivis de ma flamme :
Je fis le siége de son cœur
Occupé par un voltigeur.
Quand je fus maître de la place,
Pour me payer de tant d'audace,
On se plaisait à chatouiller   } *bis.*
Mon gros pompon de grenadier. }

Je n'ai pas beaucoup de pécune,
Et pourtant, dans mon infortune,
Je trouve encore le moyen
D'exister en faisant du bien.
Quand un pauvre en tremblant m'approche,
Si je glisse un sou dans sa poche,
Je ne vais pas le publier,   } *bis.*
Et lui bénit le grenadier. }

J'étais l'idole d'Amantine,
Je l'épousai dans la cantine
Entre deux brocs d'un vin exquis
Et trois sapeurs de mes amis.
Après la noce, le baptême,
Amantine, en disant : Je t'aime !
Eut la vertu de s'oublier...   } *bis.*
Me voilà père et grenadier. }

Aussitôt ma tâche accomplie,
Servant autrement ma patrie,
Face à face avec mon étau,
Je reprendrai lime et marteau.
Et ma médaille d'Angleterre
Dormira dans mon secrétaire
Avec mon livret de troupier   } *bis.*
Et mon pompon de grenadier. }

ÉMILE CARRÉ.

LA SOIRÉE D'UN TROUPIER

AU DÉCOMPTE

POT-POURRI

PAR ÉMILE CARRÉ

Air : *Brigadier, vous avez raison.*

Un troupier, l'espoir de la France,
Se promenait le nez en l'air ;
Il avait les gants d'ordonnance,
La veste et le schako couvert ;
La main gauche à la bayonnette
Il marchait en se dandinant, (*bis*)
Chacun, en voyant sa binette,   } *bis.*
Se disait : Mais c'est d'Artagnan ! }

Air de la *Catacoua.*

Tout fier d'entendre les éloges
De ceux qui peuplaient le trottoir,
Il ne vit pas que les horloges
Accusaient cinq heures du soir ;
Il allait sifflant un quadrille
Qui, sous Louis XVI, était nouveau,
   Puis se dit : Oh !
   Et le tricot !
Bigre ! rentrons, mon rata n'est plus chaud ;
   Quand il vit poindre à la Bastille
   Un tablier de calicot.

Air : *A soixante ans il ne faut pas remettre,*
ou *du 14 Juillet* (de Béranger).

« Qu'entre-aperçois-je au pied de la colonne?
Ah! c'est, dit-il, une bonne d'enfant.
Si j'enlevais cette grosse luronne !
Accostons-la sentimentalement,
En lui faisant un léger compliment.
Précisément l' quibus me vient en aide,
Ça tombe à pic, mon trésor est tout prêt.
Faisons sauter tout l'or que je possède.
C'est aujourd'hui le décompte et le prêt. » | bis.

Air : *Partant pour la Syrie.*

« Sensible demoiselle !
Vous *voiliez* à vos pieds
Cet amant si fidèle,
Dont auquel vous rêviez.
Passez-moi votre ombrelle,
Que j'ai' l'air effrayant !
Vous êtes la plus belle, |
Je suis le plus vaillant ! | bis.

Air : *Laissez les roses aux rosiers.*

» Ce marmot qui verse des larmes,
En s'appuyant sur votre sein,
Ne peut apprécier vos charmes
Qu'admire un tendre fantassin.
Ange gardien, à ma prière |
Vous céderez si vous m'aimez... | bis.
Portez cet enfant chez sa mère, |
Et suivez-moi les yeux fermés. » | bis.

Air : *Toto Carabo.*

Ça tombait à merveille :
L'ange au tablier blanc,
    En cousant,
S'était dit l'avant-veille :
« Faut qu' j'aie un amoureux
    Belliqueux.
De mon cœur qui bat,
Dit-elle au soldat
Qui lui baisait la main
Vous êtes sou (ter) verain. »

Air : *Vivent les chansons grivoises
et le Vin de Ramponneau.*

Une heure après, l'heureux couple
Dinait dans un cabinet,
Puis, sur un canapé souple
Librement se pavanait.
« Dieux ! comme me voilà faite ! »
Dit Vénus en rougissant...
Mars agita la sonnette,
Quelqu'un répondit : « Présent ! »

Air : *Allez cueillir des bleuets dans les blés.*

« Vous écoutiez, marmiton, à la porte,
J'en suis certain, vous paraissez trop tôt ;
Les conquérants n'y vont pas de main morte,
Et moi surtout je ne suis pas manchot :
On me croit doux, mais prompt comme la foudre
Je casse tout quand je suis échauffé !...
En attendant que je vous mette en poudre *(bis)*
Préparez-nous deux tasses de café... »

Air du *Roi Dagobert.*

Le café demandé
Sur un plateau fut apporté :
Il sentait le charbon,
Bref il n'était ni chaud ni bon ;
Ce fut un moment
De débordement
Pour nos amoureux,
Qui dirent tous deux :
« Il doit vous assoupir
Au lieu d'empêcher de dormir. »

Air : *Alleluia.*

« C'est comme leur vin de dessert,
Il était passablement vert...
Pouac ! on ose appeler cela
Gloria !...

Air du *Sire de Framboisy.*

« Garçon ! la carte, vite, apportez-là nous :
Huit francs cinquante ! Ah ! les gueux, les filous !
Tenez, canaille, voici huit francs dix sous,
Payez vos maîtres... ce qui reste est pour vous. »

Air : T'en souviens-tu?

Dans sa fureur à nulle autre pareille,
Ah ! je suis cuit ! poursuivit notre preux.
S'il n'avait pas été tondu la veille,
Le malheureux s'arrachait les cheveux.
Me carotter ! dit-il avec tristesse,
Me carotter ! moi, maître de bâton !
Puis comme l'onde, alors que le vent cesse,
Il devint calme et parla sur ce ton :

Air : On n' peut pas faire un seul pas dans l'église
sans dépenser d'argent.

« Moi qui rêvais pour mon ange une place
Au paradis... là-bas, à la Gaîté !
Sur neuf francs vingt, mon excédant de masse,
Tiens, ma Suzon, vois ce qui m'est resté.
Dans ce Paris où la foule se presse
(J' te d'mande un peu si c'est encourageant?)
On ne peut pas régaler sa maîtresse,
Sans dépenser d' l'argent. *(bis)*

Air : Je suis le docteur Isambard.

» Quitte donc cette air assombri,
Ri, ri, ri, ri, ri, ri, ri,
Ri, ri, ri, ri, ri.
Allons au petit Lazari,
Ri, ri, ri, ri, ri, ri, ri,
Ri, ri, ri, ri, ri,
Ou dans cette baraque-là,
Zign, malazign, malazign, boum, **boum!**
Entrons voir le serpent boa,
Ah! ah! ah! ah! »

Air : Vous m'entendez bien.

Suzon ajouta : « Si j' me r'pens,
C'est d'avoir vu trop de serpents.
Je sais que leur piqûre...
— Hé bien?
— Peut produire une enflure...
Vous m'entendez bien? »

Air : *Jamais la foudre ne s'abat sur la capote
du soldat.*

« Bon, pensa le fils de Bellone,
Elle a peur que je l'abandonne ;
Je voudrais bien savoir comment
Je puis la quitter poliment ?
Je n'ai pourtant pas le courage
De m'enfiler dans un passage !
En cherchant une occasion,
Changeons la conversation.

Air : *Conscrits, quittez vos foyers à l'appel
de la gloire.*

» Je pendrais ce gargottier
En guise de lanterne
Pour ce qu'il m'a fait payer
Son prétendu Sauterne ;
Plus moyen de ripailler.
Hélas ! je peux me fouiller.
  L'appel est sonné,
  Et je suis ruiné,
Je rentre à la caserne. »

Air du cantique : *Au sang qu'un Dieu va répandre.*

« Est-ce ainsi que l'on se quitte ?
Reprit Suzon, qui pleurait.
Tu sais que je suis sans gîte,
Puisque j'ai pris mon paquet ;
Je te croyais des mérites,
Je vois que tu n'en as pas,
Tu t'en vas et tu me quittes ?
— Je te quitte et je m'en vas. »

Air : *En avant, partons, camarades* (Béranger).

« Au surplus, pour mes incartades,
A l'osto je serai logé.
Je suis las de tes embrassades,
Je veux te donner ton congé.
J'eus tort de te montrer le vice,
Mais tu le connaissais déjà.
Au diable ton œil en coulisse ;
Las ! il est trop malin déjà ;

Tâche de rentrer en service.
Je n' te dis qu' ça,
Ainsi voilà,
Je n' te dis qu' ça. » *(quater)*

MORALITÉ

Air du *Ménétrier de Meudon.*

Ainsi finit la pièce :
Mars évinça Vénus,
L'amant et la maîtresse
Ne se revirent plus.
Il est une matronne
Qui jure ses grands dieux
Qu'aujourd'hui la bobonne
Est nourrice sur lieux.

En tout temps le guerrier français
Auprès du sexe eut du succès :
En amour il a des attraits,
Mais il ne s'attache jamais.

MON MÉTIER

Je voudrais chanter pour vous plaire,
Mais je ne l'ose, en vérité ;
C'est que, dans l'état militaire,
Il faut modérer sa gaîté.
Le temps n'est plus où le délire
Dans nos rangs enrôlait toujours
Des phalanges de troubadours
Qui portaient le glaive et la lyre.

Ma nature veut que je rime,
Mais mon métier me le défend.
Hélas ! il me ferait un crime
Du couplet le plus innocent.

Il me dit : Vois cette épaulette
Qui scintille dans l'avenir.
Soldat, si tu veux parvenir,
Il ne faut pas être poëte.

Sois inculte, on t'élève en grades;
Prends pour exemples, poursuit-il,
Ceux que tu crois tes camarades,
Ils n'ont pas l'esprit si subtil.
Imite la bête de somme
Qui tend le dos quand on la bat;
Accepte et la bride et le bât,
Sans songer que Dieu t'a fait homme.

Quand mon froid métier me sermonne,
Je suis abimé de douleurs;
Et le pain qu'en France il me donne
Est souvent baigné de mes pleurs.
Faut-il qu'encor je m'abrutisse
Au travail aride, assidu,
Pour obtenir ce qui m'est dû?
Veut-on m'abreuver d'injustice?

Quoi! vous me parlez de la gloire
De ce long siége où je souffris!
Vain mot, trop ennuyeuse histoire
Qui n'occupent plus les esprits.
Ah! oui, tant que la guerre dure,
On exagère nos succès;
Pauvres troupiers! en temps de paix,
On nous tire en caricature.

Mais, chut! écoutez cette plainte.
De qui vient-elle? Ah! j'en réponds,
De gens qui s'enivrent d'absinthe
Pendant que je fais des chansons.
Sur mon compte ils font une histoire.
Qu'il leur sied bien de me railler!
Moi qui n'emploie à rimailler
Que le temps qu'ils perdent à boire.

Émile CARRÉ.

L'ARABE A PARIS

Air du *Vin d'Argenteuil*, ou *Lon lon la, quand ma tasse est pleine* (COLMANCE).

Zaïca, la négresse,
  Perle d' la Smala [1],
Loin de toi, ma maîtresse,
  Macach' la diffa [2].
Pour qu'ici je m'engraisse,
Il faut qu'Allah s'empresse
De chasser ma tristesse
Avec du cahoua [3].
Aya ya! besef [4] de la peine;
Aya ya! besef des soucis;
Aya ya! l'Arbi [5] de la plaine,
Aya ya! s'embête à Paris.

Quand à nous on dit : Frères,
  Mettez vos burnous
Pour quitter vos moukères [6]
  Et vos moukakious [7];
Moi, quifquif [8] la gazelle,
Besef pleurir comme elle,
Bibir [9] lait de chamelle,
Mandgearia [10] couscouss.
    Aya ya! etc.

Toi cherchir à me plaire,
  Pâle giaourna [11],
Quand l' soir à la lumière
  Toi me dire : Arroua! [12]

1. Sorte de caserne de spahis mariés.
2. Repas arabe.
3. Café.
4. Beaucoup.
5. L'Arabe.
6. Femmes.
7. Enfants.
8. Semblable à.
9. Boire.
10. Manger.
11. Femme française, chrétienne.
12. Viens.

2

Andar [1], l'Arbi bel homme.
Moi chouya [2], donnir somme,
Baillir, et voilà comme
Mon dram' [3] fuit, barca! [4]
    Aya ya! etc.

A moi rendir la tente
    Des Oued-Ali,
Mon fier aoud [5] qui tente
    Les fils du cadi,
Mon vieux kelb [6] à trois pattes,
Mes tapis et mes nattes,
Mon gourbi et mes dattes,
Mon toucane [7] aussi.
    Aya ya! etc.

Zaïca, ma négresse,
    J'aime ton œil blanc,
Qui fascine et caresse
    Rien qu'en vous lorgnant.
Il n'est que mon cirage
Qui puisse en un mirage
Rappeler ton visage,
    Mais Allah est grand!
Aya ya! besef de la peine!
Aya ya! besef des soucis!
Aya ya! l'Arbi de la plaine,
Aya ya! se gèle à Paris.
Émile CARRÉ.

L'HISTOIRE DU FUSILIER BERLINGOT

RACONTÉE PAR UN CAPORAL INSTRUCTEUR

Quand une célébrité
Nous éclipse par sa gloire,
Combien d'autres à côté
Restent dans l'obscurité!

1. Viens donc ici.
2. C'est bon, je comprends.
3. Argent.
4. Voilà.
5. Cheval.
6. Chien.
7. Tabac.

Quand je vous aurai conté
La trop lamentable histoire
Du fusilier Berlingot,
Vous ne soufflerez pas mot.
   Un, deux. un, deux,
Tendez le jarret, Magloire;
   Un, deux, un, deux,
Et ne baissez pas les yeux.

Sa maman et son papa
Devaient habiter la Beauce,
Car son livret nous prouva
Qu'il vint au monde par là;
Il voulait être avocat,
On en fit un gâte-sauce;
Plus tard le sort décida
Qu'il fallait qu'il fût soldat.
   Un, deux, un, deux,
Pas de position fausse;
   Un, deux, un, deux,
Pourquoi baissez-vous les yeux?

Dès qu'il fut au régiment,
A ceux qui voulaient l'entendre,
Il disait qu'avant un an
Il serait sous-lieutenant;
On répondait : Même avant!
Mais d'abord vous allez prendre
Une oreille du baquet,
La pelle ou bien le balai.
   Un, deux, un, deux,
Vous semblez ne pas comprendre;
   Un, deux, un, deux,
Ne baissez donc pas les yeux.

Ses accents étaient plus doux
Que les yeux d'une gazelle;
Mais il se fit, entre nous,
Noter parmi les plus mous.
Grâce à deux malheureux clous
Qu'il avait sous une aisselle,
Il mit treize mois, dit-on,
Pour passer au bataillon.
   Un, deux, un, deux,

Conscrit, montrez plus de zèle ;
   Un, deux, un, deux,
Et ne baissez pas les yeux.

Il recevait tous les mois
De l'argent de sa marraine,
Qu'il dépensait chaque fois
En pain d'épices et noix.
C'était la mélasse aux doigts
Et la bouche à moitié pleine
Qu'il descendait à l'appel,
Même au nez du colonel.
   Un, deux, un, deux,
Conscrits, rentrez la bedaine ;
   Un, deux, un, deux,
Et ne baissez pas les yeux.

Un jour, il prit comme un sot
Dix billets de loterie ;
Il frappait sur son schako
En criant : Gare au gros lot !
On sortit un numéro
Qu'il avait dans sa série ;
Il gagna, sous un faux nom,
Une botte de mouron.
   Un, deux, un, deux,
J'entends l'adjudant qui crie ;
   Un, deux, un, deux,
Marchez sans baisser les yeux.

Il allait chez le fourrier
Muni d'une plume fine ;
Au lieu de bien travailler,
Il y gachait le papier.
Il fallut le renvoyer
Faire un tour à la cuisine ;
Il s'y bourra de rata
Tant et tant, qu'il étouffa.
   Un, deux, un, deux,
Vous vous mouchez, j'imagine ;
   Un, deux, un, deux,
Conscrit, seriez-vous morveux ?

Émile CARRÉ.

LE FRINGANT TAMBOUR

CHANSON PAS REDOUBLÉ

Chantée par M. COLLÉ, au Casino Français.

Paroles de T. de SANSAY. — Musique recueillie
par J. JAVELOT.

La Musique se trouve chez A. HURÉ, libraire-éditeur, à Paris,
rue du Petit-Carreau, 14.

Après la ritournelle. (*Parlé.*) En route, mauvaise
troupe! Qu'est-ce que c'est? on murmure..., l'étape
est trop longue! Allons, mes amours! crions pas,
on va vous dégoiser la chanson du Fringant Tambour... En avant... arrrrche... (*Tout ce parlé, ainsi
que les couplets, doivent être débités en marquant
le pas.*)

Adieu les tambours!
Enfin, pour toujours,
Je vais me r'poser le restant d' mes jours.
J'ai mon congé, grâce à la paix;
J'ai z'eu des succès,
Car je suis Français.
Au centre, au midi, dans le nord,
En bravant le sort,
J'affrontai la mort.

Le sac sur le dos,
Suivant nos drapeaux,
J'étais cuit, rôti dans les pays chauds;
Morfondu sous les pays froids,
J'ai cent mille fois
Soufflé dans mes doigts,
Le ventre aussi creux qu' l'estomac,
Étant au bivouac,
Fumé sans tabac...

J'ai vu très-souvent
Me battre en courant
Afin d'attraper l'ennemi fuyant;
Quand je combattais sans manger
Au fort du danger
J'étais plus léger;
Un petit coup de brandevin,

Nous disions, entrant
Chez le paysan :
Vite, apportez-nous du vin rouge ou blanc,
De la soupe et du bon fricot,
Du mouton, du veau,
Point de haricot ;
Donnez ce que nous demandons,
Ou bien nous allons
Plumer tes dindons.

Le rôti bien cuit,
Le dîner servi,
Je le dévorais de bon appétit.
Puis après, au vin du coteau,
Je disais un mot,
Sans y mettre d'eau...
A la santé des paysans !
Qui, de temps en temps,
Riaient du bout des dents.

Après le dîner,
Je filais m' coucher,
Pour le lendemain pouvoir mieux valser.
Si par l'hôtess' j'étais r'conduit,
Pristi ! sapristi !
L'adorable nuit !...
J'avais ses faveurs secrèt'ment...
C'était tout autant
De pris en passant.

Mais suffit, *motus !*
Oublions Vénus,
Il faut qu'un tambour soit pétri d' vertus.
Baguett's en main, l' jour des combats,
Vite au branle-bas
J' tapais des deux bras !
La peau d'âne est un talisman
Dont le roulement
Donn' du sentiment.

Ayant mon congé,
Puisque j' suis r'traité,
Par la gross' Suzon j' vas m' faire épouser !
La malheureus', gare à son cœur,
Car j'ai de l'ardeur
Pour fair' son bonheur ;
J' veux dans quéqu' temps, sans êtr' malin,
Qu'un petit bambin
M' remplac' comm' tapin.

Vive la Légion !

CHANSON DE ROUTE

Faite pour le départ de la légion étrangère, allant au Mexique, et chantée sur le théâtre de Sidi-bel-Abbès (Algérie).

Air de la *Bretonnière* ou du *Bataillon d'Afrique.*

Du soldat légionnaire,
La vie est tout un roman ;
Demandez-lui s'il préfère
La garnison ou le camp,
Vite il prendra son bidon
Avec armes et bagage.
V'lan ! pour partir en voyage. } bis.
Bon ! vive la légion !

Pour prouver qu'il était brave,
Il s'est montré chaque fois
L'émule heureux du zouave,
Dont on vante les exploits.
Chez lui, l'abnégation
Du courage est la compagne.
Vlan ! pour se plaire en campagne, } bis.
Bon ! vive la légion !

L'hiver, à la belle étoile,
Vous demandez s'il a chaud
Sous le frêle abri de toile
De la maison Godillot.
Il sait, dans l'occasion,
Fumer pour chauffer sa tente.
Vlan ! pour son humeur charmante, } bis.
Bon ! vive la légion !

Rempli d'accrocs et de poudre,
Vous l'avez vu se bûcher ;
Tout à l'heure, il ira coudre,
Se laver et se sécher.
Ce soir, à son bataillon,
On peut passer la revue.
Vlan ! pour sa belle tenue, } bis.
Bon ! vive la légion !

Au Maroc, en Kabylie,
Il a porté son drapeau ;
En Crimée, en Italie,
L'histoire dit qu'il fut beau.
C'est pourquoi plus d'un tendron
En enfant gâté le traite.
Vlan ! pour faire une conquête, } bis.
Bon ! vive la légion !

Son travail et son génie,
Guidés par d'habiles mains,
Ont doté la colonie
De toits sûrs et de chemins.
Il a la prétention
D'être bon à toutes choses.
Vlan ! pour ses métamorphoses, } bis.
Bon ! vive la légion !

S'il aime les aventures,
Aussi bien, on le verra
Se flanquer maintes bitures
De vin blanc de Mascara.
On peut entrer au bouchon
Quand on s'est battu la veille.
Vlan ! pour boire une bouteille, } bis.
Bon, vive la légion !

Faut-il renforcer la troupe
Qui, sans sa cuiller à pot,
Partit pour tremper la soupe
Aux bandits de Mexico ?
Il sait saler un bouillon
D'une manière énergique.
Vlan ! pour aller au Mexique, } bis.
Bon ! vive la légion !

Émile CARRÉ.

LE
SERGENT DURÉSEC

SCÈNE MILITAIRE

Par **ÉMILE CARRÉ**.

La musique se trouve chez **A. HURÉ**, libraire-éditeur, à Paris, rue du Petit-Carreau, 14.

On prétend que je suis sévère,
Et l'on me craint comme le feu ;
Ce n'est que quand je tiens un verre
Que mon front se déride un peu.
Que voulez-vous, la discipline
En son creuset m'a refondu.
Mais je vois que l'on m'examine ;
J'entends qu'on dit : Qui donc es-tu ?

C'est juste, il est bon que je vous donne un peu de paroles claires et précises, un abrégé de mon état signalétique ; mais *lisez* mon bras, qui vous apparaît inopinément comme un rayon de soleil en janvier. Qui je suis? Demandez à tous ceux qui ont fait partie de mon régiment, depuis tantôt vingt-cinq ans, s'ils me connaissent? Ils sont quinze mille à peu près à qui j'ai appris à éviter les inconvénients qui résultent de ce qu'on appelle escamoter l'arme. Ma mission sur terre est de former le Français dans l'art de tuer son ennemi par principes, et plus d'un officier supérieur actuel a jadis fait volte-face à mon commandement; finalement, je suis Plumeau, dit Durésec, numéro matricule 3, soldat par goût et sergent par obéissance, chevalier du Bras-d'Or, jouissant actuellement de la haute paye journalière de trois chevrons, de l'estime de mes

chefs, de quarante centimes de solde, pension payée, et d'un
valet de chambre à **2** francs par mois ; fidèle observateur
des moindres prescriptions du règlement, inventeur de la
poudre... (pour la destruction des punaises qui pullulent
dans nos casernes), invention qui m'a fait recevoir un
soufflet d'honneur de la main d'un garde du génie, en
présence d'une commission d'examen nommée à cet effet.
Fier avec mes inférieurs, facétieux avec mes collègues,
ami de l'adjudant, fournisseur habituel de gibier pour les
salles de police et prisons, astiqueur enragé, et, qui plus
est, proposé pour... la retraite à l'inspection générale :

> Je suis le sergent Durésec,
> C'est moi que j'instruis les recrues.
> Quand je dois passer des revues,
> Chaque pierrot, chaque blanc-bec
> Tremble et frémit à mon aspect.
>
> Quand mon régiment fait campagne,
> Moi, l'on me conserve au dépôt ;
> Le gros major dit que je gagne
> A ne pas suivre mon drapeau.
> Beaucoup de ceux qui, dans l'histoire,
> Ont un nom par Clio tracé,
> Me doivent ce qu'ils ont de gloire,
> Vu que c'est moi qui les dressai.

Vous autres, bourgeois, vous ne savez peut-être pas ce
que, militairement parlant, nous entendons par dresser
des conscrits ; vous êtes si ignorants dans notre art ! Eh
bien, dresser un homme, c'est tirer avantageusement parti
de tous les ressorts de la mécanique humaine, de façon à
amener le Normand, le Limousin, le Bas-Breton, l'Alsacien,
le Savoyard, l'Algérien, et jusqu'à l'Auvergnat, à comprendre les beautés de notre langue, en marchant en ca-
dence contre l'ennemi de la patrie, comme y marcherait
un naturel du faubourg Antoine ou du marché des Inno-
cents ; et, pour obtenir ce résultat, on commence d'abord
par se placer à sept ou huit pas du soldat, en lui faisant
face, et commander : Garde à vo ! ton !... tête, oite ! fixe !
A la fin de la seconde partie du premier commandement,
le soldat tourne la tête à droite, sans brusquer le mouve-
ment, de manière que le coin de l'œil gauche du côté du

nez *réponde* à la ligne des boutons de l'habit. Mais que voulez-vous qu'il lui dise ? C'est encore un salané farceur, celui qui a fait ce passage de la théorie; car, comme nous disions, moi et Lardon, en buvant l'absinthe à la cantine, il faudrait que l'œil puisse parler pour qu'il *réponde* aux boutons, qui eux-mêmes brillent par leur silence autant que par le tripoli de Nanterre; mais je suis payé pour enseigner l'exercice et non la grammaire, car :

Je suis, etc.

> Comme un autre je pourrais être
> Capitaine ou bien lieutenant,
> Et marié; mais ce bien-être
> Il m'échappa, voici comment :
> Mon général, un jour de fête
> Que j'étais de planton chez lui,
> Me rencontra sans épinglette :
> Je fus perdu dans son esprit.

Ah! oui, vous me croirez si vous voulez, mais je suis moralement convaincu que c'est cette absence d'épinglette qui m'a fait rayer du tableau d'avancement. C'est comme un jour que j'allais dans un poste passer une petite revue de vengeance au fusilier de Benac, un fils de famille qui s'était amusé à mes dépens, en m'insinuant que Castor et Pollux étaient deux anciens tambours du vingtième, ce que j'avais bénévolement répété à la pension, à la satisfaction des fourriers, qui en avaient fait gorge chaude. « Ah! ah! que je m'étais dit, M. de Benac, vous me la paierez, celle-là! » Je choisis donc un samedi qu'il était de service pour aller passer l'inspection de ses effets au corps de garde; quand j'arrive, je le trouve étendu sur un banc, à la porte du poste, et ricanant en chœur avec d'autres garnements de ma subdivision. « Qu'est-ce que je vois ? Le *poste est rieur*, que je me dis. Tu *ris, poste ?* rira bien qui rira le dernier. Fusilier de Benac, ouvrez-moi subsidiairement votre sac. D'où vient que votre étui ne contient pas les cinq aiguilles réglementaires? qu'à votre fil rouge il manque l'écheveau? que vos souliers ne sont pas cirés sous la semelle comme au quartier? Vous y serez consigné trois jours, au *quartier*. Eh! quoi, ce soulier droit n'a que quarante-huit clous au lieu de cinquante! où sont les deux qui manquent? Malheureux! vous les avez vendus? J'ai toujours dit que vous finiriez mal, je vais vous faire passer au conseil de guerre! » Le coup avait porté. Le fils de famille tremblait dans sa noble peau, comme un chat qu'un rat aurait pris, quand je m'aperçus moi-même que j'étais en défaut. Fatalité! il manquait un bouton à ma manche! Comment vouliez-vous que je le punisse? Je fis un demi-tour à droite et m'en allai la rage au cœur. Le lendemain, de Benac entrait d'urgence à l'hôpital, où il est encore; mais j'attends sa sortie pour le *harquepincer* en demi-cercle, car

> Je suis le sergent Durésec,
> C'est moi que j'instruis les recrues.
> Quand je dois passer des revues,
> Chaque pierrot, chaque blanc-bec
> Tremble et frémit à mon aspect.

LES CONSCRITS

MARCHE GUERRIÈRE

Sur l'air de la ronde chantée dans

LES CARRIÈRES MONTMARTRE

La Musique se trouve chez **A. HURÉ**, libraire-éditeur, à Paris, rue du Petit-Carreau, 14.

> Conscrits, faut quitter l' pays
> Pour aller à la guerre !
> Puisque l' sort nous a choisis
> Pour vaincre les ennemis,
>   Suivons l' régiment,
>   En chantant gaiment :
>   Viv' l'état militaire !

Ne craignons pas le brutal
A la première affaire,   } bis.
Ça fait plus d' bruit que de mal;
Soit à pied, soit à cheval,
  Allons-y gaîment,   } bis.
  Suivons l' régiment :
Viv' l'état militaire !

Conscrits, un jour paraîtra
Notre histoire guerrière,   } bis.
Et celui qui la lira
Aux autres pays dira :
  Que not' régiment   } bis.
  Se battait gaîment...
Viv' l'état militaire !

D' la blouse à l'habit brodé
Ya l'épaisseur d'un verre ;   } bis.
Quand le conscrit l'a vidé,
Il rêve... qu'il est gradé,
  Et trinque gaîment   } bis.
  A son avanc'ment...
Viv' l'état militaire !

En attendant qu'à not' choix,
Pour notre ardeur guerrière,   } bis.
Nous ayons un' jamb' de bois,
Un nez d' carton ou... la croix,
  Dans le régiment,   } bis.
  Répétons gaîment :
Viv' l'état militaire !

Jules CHOUX.

La Vie actuelle d'Afrique

Paul, puisque malgré nous, hélas!
Tu t'engageas si follement,
Pendant sept ans tu maigriras
Sous l'habit du gouvernement.

En Afrique tu rejoindras :
C'est là-bas qu'est ton régiment.
Dans le trajet, tu coucheras
Sur le tillac du bâtiment ;
S'il fait beau, tu contempleras
Les étoiles au firmament ;
S'il pleut, ma foi, tu recevras
Le liquide et froid élément ;
Car un parapluie, en ce cas,
Paraîtrait plus qu'inconvenant.
Si tu t'enrhumes, tu prendras
Du réglisse (à bord on en vend) ;
Le mal de mer tu garderas
Jusqu'au port de débarquement ;
Là, mon cher, tu t'étonneras
De voir que rien n'est étonnant ;
Puis, sac au dos, tu marcheras
Tirant la langue à tout moment.
Comme alors tu regretteras,
En soupirant amèrement,
Les canapés et les sophas,
Où tu t'étendais mollement !
Mais chut ! plus tard tu gémiras
Sur ton fatal égarement.
Tous les effets que tu mettras
T'iront, dira-t-on, comme un gant,
Mais, pauvre ami, tu nageras
Dans ton bizarre accoutrement.
Le plus souvent tu t'étendras
Sous la tente de campement ;
Avec le sol pour matelas
On n'est pas trop douillettement.
La viande que tu mangeras
Pourra braver un coup de dent,
Mais au besoin le bouillon *gras*
Détachera ton vêtement.
Les ennemis que tu tueras
Sont ceux qui vivent de ton sang ;
C'est un bétail que tu verras
Toujours plus fort et plus puissant.
Durant le jour tu grilleras,
La nuit tu seras grelottant ;
Si bien que tu récolteras

Fièvre ou colique en débutant.
A la mort tu n'échapperas
Que par miracle seulement.
Pour tous lauriers, tu couperas
Des broussailles autour du camp.
La pioche tu manieras
Et la pelle pareillement.
La brouette tu rouleras,
Bien que tu sois étudiant.
Dans un jour souvent tu prendras
Un café pour tout aliment.
Bref ici je ne pourrais pas
Parler de tout ce qui t'attend,
Et des maux que tu souffriras
J'abrége le récit navrant.
Caporal?.. Tu le deviendras
Si tu te conduis sagement.
Mais qu'importe! Ainsi tu vivras
Jusqu'à ce que tu sois sergent,
Et le sort, quand tu le seras,
Te promet peu de changement.

Émile CARRÉ.

LE CHANT DU SIÉGE

CHANSON FAITE A DAOUD-PACHA (TURQUIE)

Air du *14 Juillet* (de Béranger).

Le Moscovite, en sa rage affamée,
Du monde entier veut troubler le repos,
Et dans les champs de l'antique Crimée,
Nos régiments déroulent leurs drapeaux. (*bis.*)
Oui, nous souffrons des lenteurs de ce siége,
Qui n'eut jamais d'exemple parmi nous,
Mais le printemps a fait fondre la neige,
Manteau glacé d'un hiver en courroux,
    D'un hiver en courroux.

Plus d'un fléau plane sur notre tête !
La mort moissonne et ne calcule pas.
Tel qui, la veille, a gagné l'épaulette,
Le lendemain rencontre le trépas. (*bis.*)
Mais nous tombons pour une noble cause.
Au champ d'honneur, la gloire du martyr,
C'est le soleil qui dessèche la rose   } *bis.*
En l'éclairant à son dernier soupir,   }
    A son dernier soupir.

Qui de l'Alma n'a chanté la victoire ?
Sur ses hauteurs notre étendard flottait,
Quand un boulet, de funèbre mémoire,
Nous enleva celui qui le portait [1]. (*bis.*)
Et vers le soir, en un chant funéraire,
Chacun de nous, confondant son adieu,
Pleurait celui qui ferma la paupière } *bis.*
En recevant le baptême du feu,   }
    Le baptême du feu.

Vienne le jour de la grande bataille !
Certes nos morts parsèmeront le sol ;
Mais les vivants, traversant la mitraille,
Sauront monter jusqu'à Sébastopol. (*bis.*)
C'est là qu'assis sur des forts en ruines,
Français, Anglais, Ottomans, Piémontais,
Nous poserons la couronne d'épines } *bis.*
Pour arborer l'olivier de la paix,   }
    L'olivier de la paix.

ÉMILE CARRÉ.

COUPLETS POUR LE DÉPART

Couplets improvisés pour le départ de Paris du 39ᵉ de ligne, allant à Lille.

Air de *la Bretonnière*, ou *Oh ! du bataillon d'Afrique.*
    Le soldat cosmopolite
    Se plaît dans tous les pays ;

1. Allusion à la mort héroïque du sous-lieutenant Poidevin (Vilfrid), qui fut tué au moment où il plantait le drapeau du 39ᵉ de ligne sur le belvédère de l'Alma.

S'il se plaint, c'est quand il quitte
La garnison de Paris :
On y vit le cœur content,
On y dort l'esprit tranquille.
Bon, quand nous serons à Lille,)
Vlan ! tâchons d'en faire autant.) *bis.*

Paris, la terre promise
Du sybarite français !
Là, l'homme en capote grise
Plus qu'un autre a du succès :
Les exploits d'un don Juan
Lui sont acquis par le style.
     Bon, etc.

Alors qu'un régiment bouge,
Pourquoi se lamente-t-on ?
C'est que du pantalon rouge
Raffole le cotillon ;
Plus d'un laisse en le quittant
Un poupon frêle et débile.
     Bon, etc.

La timide Caroline,
Qui vient de faire un faux pas,
Adopte la crinoline
Pour cacher son embarras ;
L'auteur de cet incident
Reste à trouver entre mille.
     Bon, etc.

Quand un ordre du ministre
Nous renvoyait au dehors,
Avions-nous l'air plus sinistre
Aux alentours de nos forts ?
Nous emplissions, en chantant,
Les bouchons de Romainville.
     Bon, etc.

Un militaire est peu riche,
Chante un sergent d'opéra ;

Si l'on s'en plaint en Autriche,
En France on s'en moquera :
Qui n'a pas trouve en cherchant,
C'est écrit dans l'Évangile.
　　　　Bon, etc.

Dans notre philosophie,
Nous ne connaîtrons jamais
La cruelle nostalgie :
Laissons le spleen aux Anglais.
Le drapeau du régiment
Partout fixa notre asile.
　　　　Bon, etc.

Ils ont fui, ces jours de guerre,
Chers à notre souvenir,
Où nous couchions sur la terre,
Incertains de l'avenir ;
Quand nous étions dans le camp,
Se faisait-on de la bile ?
　　　　Non, etc.

Quand la guerre fut finie,
Nous eûmes un beau retour !
Ce jour-là, de notre vie,
Fut, je crois, le plus beau jour !
On nous vit, tambour battant,
Entrer dans la grande ville.
Bon ! pour arriver à Lille,　　　 } bis.
Vlan ! tachons d'en faire autant. }

Quand on dit sa chansonnette,
Le chemin se raccourcit ;
Avec des couplets en tête,
On marcherait jour et nuit,
Pourvu qu'on ait en partant
Le cœur gai, la jambe agile.
Bon ! pour arriver à Lille,　　　 } bis.
Vlan ! tachons d'en faire autant. }

Émile CARRÉ.

LE
CONSCRIT TROUDADOUR

CHANSON

Paroles de

ARTHUR LAMY

AIR : *En revenant de Bougival en France.*
(Canotiers de la Seine).

Allons, conscrits, la France nous appelle,
   Ran, plan, plan,   (*bis.*)
   Plan, plan !
Il faut partir, à la gloire fidèle,
   Pied gauche en avant !
   Ran, plan, plan, plan, plan, plan !

Au régiment l'on dit que l'on se forme,
   Ran, plan, plan,   (*bis.*)
   Plan, plan !
Car le beau sexe adore l'uniforme,
   Allons-y gaîment !
   Ran, plan, plan, plan, plan, plan !

Avec mon air et ma rouge moustache,
   Ran, plan, plan,   (*bis.*)
   Plan, plan !

Mon nez coquet, mes ch'veux couleur queu' d' vache
J' veux être un volcan,
Ran, plan, plan, plan, plan, plan!

Adieu, maman, adieu, tante Suzanne,
Ran, plan, plan,   (*bis.*)
Plan, plan!
Adieu, papa, prenez soin de mon âne
Comm' de votre enfant,
Ran, plan, plan, plan, plan, plan!

Adieu, Françoise, à moi pense, ma chère,
Ran, plan, plan,   (*bis.*)
Plan, plan!
Si tout entier je reviens de la guerre
J' t'épouse dans sept ans,
Ran, plan, plan, plan, plan, plan!

Il faut, vois-tu, qu' l'homme apprenn' le service,
Ran, plan, plan,   (*bis.*)
Plan, plan!
En revenant j' t'apprendrai l'exercice
D' la charge en douz' temps,
Ran, plan, plan, plan, plan, plan!

On r'vient sergent si la chance vous guide,
Ran, plan, plan,   (*bis.*)
Plan, plan!
Mais, quelquefois, on revient invalide,
Tout clopin-clopant,
Ran, plan, plan, plan, plan, plan!

Le tambour bat, faut nous quitter bien vite,
Ran, plan, plan,   (*bis.*)
Plan, plan!
Et si je meurs, j' te l'écrirai tout d' suite
Militairement,
Ran, plan, plan, plan plan, plan!

LETTRE D'UN CONSCRIT
A SON PÈRE.

Modèle de style épistolaire.

Pot-pourri par ÉMILE CARRÉ.

AIR : *Mon p'tit papa, c'est aujourd'hui ta fête.*

Mon cher papa, ça l' tourment'ra peut-être,
C' que j' vas y apprend' est assez délicat ;
Posons la date en tête de ma lettre :
Là, c'est fini... à présent je m'en vas mettre
Mon cher papa ! mon cher papa !

AIR : *La faridondaine, la faridondon.*

La présente est pour m'informer
D' la santé d' votr' personne ;
Tant qu'à moi, j' peux vous affirmer
Que la mienne est très-bonne,
Si c' n'est que je suis en prison ;
    La faridondaine, la faridondon,
C'est pas pour dir', mais j' suis puni,
            Biribi,
    A la façon de Barbari, mon ami.

AIR : *De la complainte du Juif-Errant.*

Il faut que j' vous apprenne,
Comment est-c' que ça s'est fait,
C'est qu' j'ai pour capitaine
Un drol' de pistolét.
Jamais vous n'avez vu
Un homme aussi bourru

AIR : *Malbroug s'en va-t-en guerre.*

C'est en faisant la guerre,
Mironton, ton ton, mirontaine,
C'est en faisant la guerre,
Qu'il s'est tant endurci *(ter)*.
Il est tell'ment sévère,
  Mironton, ton ton, mirontaine,
Il est tell'ment sévère,
Qu'il ma causé ainsi *(ter)*.

AIR : *Des trois Couleurs*

Jenne soldat, versez à votre masse,
Ou redoutez mon terrible courroux,
La peine ici suit de près la menace,
Ainsi versez, ou je tombe sur vous.
Si vous restez tranquille et pacifique
Peut-être un jour serez-vous... caporal ;
Mais, voyez-vous, si vous êtes pratique,
Je vous envoie *(bis)* où campe le chacal.

AIR : *C'est la mèr' Michel qu'a perdu son chat.*

— J'aim' pas la carotte,
Qui m'a dit comm' ça,
Prenez bien en note
Tout c' que j' vous dis là.
— J'ai tout retenu,
Que j' lui ai répondu ;
Allez mon capitaine,
Vot' temps n'est pas perdu.

AIR : *Au clair de la lune.*

Mais c'est inutile
D' crier pour si peu,
Laissez-moi tranquille
Pour l'amour de Dieu.
Quoiqu' mon pauvre père
N'ait point d' l'argent de trop,
Si c'est nécessaire
J' vas y écrire un mot.

AIR : { *De toutes les Complaintes.*
     { ou *La Mort de Trestaillon* (BÉRANGER).

J'ai mis la main à la plume,
J'ai mis la plume à la main,
Pour vous parler d' mon chagrin,
D' nos ch'vaux, not' vache et d' mon rhume,
Et vous m'avez répondu
En n' m'envoyant qu'un écu.

AIR : *Allons chasseurs, vite en campagne.*

Pour satisfaire un pareil homme,
Qu' est-ce qu' c'est qu'un p'tit écu tout rond,
  Ton ton, ton ton, tontaine, ton ton.
Mais en voulant doubler la somme,
V'là qu' j'ai perdu tout au bouchon,
  Ton ton, ton ton, tontaine, ton, ton.

AIR : *Ah! comme on allait boire à son cabaret,*

L' caporal m'a vu,
Il l'a dit au sergent d' semaine,
Qui, quand il l'a su,
Est couru l' dire au capitaine ;
Pour lors, celui-ci
M'a d'abord puni,
L' colonel a doublé la dose.
Ainsi vous comprenez la chose :
Dans l'état d' soldat
Ça s' fait toujours comm' ça.

AIR : *L'ombre s'évapore,* etc.

Bonjour à Mad'laine,
A ma tante Hélène.
Fouillez dans l' bas d' laine,
J'ai besoin d'argent.
Dans c' métier si traître,
On n'est pas son maître.
Je finis ma lettre,
En vous embrassant.

L A

MORT DU PORTE-DRAPEAU

Air du *Christ aux pieds nus.*

Je suis heureux que, parmi tant de braves,
On m'ait nommé pour porter l'étendard;
De son honneur nous sommes les esclaves,
Et nuit et jour il est sous mon regard.
Dans les combats, ce signe de vaillance
Doit nous guider comme un astre nouveau,
Et rappeler la gloire de la France;
D'un bras puissant je porte mon drapeau.　　} *bis.*

La charge bat et le canon résonne,
Nos bataillons se portent en avant,
Le plomb rugit sous le bronze qui tonne,
Le sabre luit et se teint dans le sang;
Nos cavaliers, d'une charge fougueuse,
Sur l'ennemi s'élancent de nouveau.
Je suis blessé, mais, d'une main nerveuse,　} *bis.*
Je tiens encore, oui, je tiens mon drapeau.

Ciel, que vois-je! les ennemis s'avancent;
Seul contre vingt! et je ne peux marcher!
Sur mon drapeau les voilà qui s'élancent,
Me faudra-t-il donc leur laisser toucher!
Tant que le sang coulera dans mes veines,
Et qu'une idée luira dans mon cerveau,
N'approchez pas et redoutez ma haine,　　} *bis.*
Le Français meurt, mais défend son drapeau.

Rends ton drapeau, nous te laissons la vie.
— Non, Autrichiens, non, je ne le rends pas;
S'il faut mourir, je n'ai plus qu'une envie,
C'est de tomber mon drapeau dans les bras.
Des coups de feu labourent sa poitrine,
Et le bancal met ses mains en lambeaux.

Sur sa douleur le courage domine, } bis.
Avec les dents il retient son drapeau.

—Quel est ce bruit! Dieu! les Français reviennent...
A moi! à moi! au secours! mes amis.
Sabrez, sabrez, ces couleurs appartienn...
Au régiment; sabrez les ennemis.
Puisque je meurs, au moins j'ai l'...ance
D'être vengé, même sur mon tombe...
Son œil mourant se tourna vers la Fr...ce, } bis.
Et son linceul fut son ...ble drapeau.

LASSALLE, Saint-Etienne.

LA BELLE VIVANDIÈRE

CHANSONNETTE

Air de la *Belle Polonaise.*

C'est sous l' ciel d'Algérie,
Et grâce à mon papa,
Que j'ai reçu la vie,
Voilà trente ans déjà.
Ma mère était vivandière,
Mon père était fantassin,
Et j'eus, combien j'en suis fière!
L' tambour-major pour parrain.
(*Parlé.*) C'est que, sapristi!...
Vivandière, c'est mon état,
J'aime la gloire et le soldat,
J'aime, la, la, j'aime, oui-da, la gloire et le soldat!

J' grandis vite en vaillance
Ainsi qu'en agréments.
A quinze ans, sans qu' j'y pense,
J' causais bien des tourments.
Pour chacun j'étais cruelle,
D' la vertu j' gardais l' pompon,
Mais craignant d' rester d'moiselle,
J'épousai l' premier piston.
(*Parlé.*) C'est que, sapristi!...
Vivandière, etc.

Mon piston, quel dommage !
Trépassa subit'ment,
M' laissant pour héritage
Son instrument.. à vent.
Je pleurais comme un' Mad'leine.
Un voltigeur, touché d' ça,
Voulut soulager ma peine,
Et pour cela m'épousa.
(*Parlé*) C'est que, sapristi !...
    Vivandière, etc.

J'étais toute charmée
D' mon voltigeur, mais v'là
Qu'un boulet, en Crimée,
Brutal'ment me l'enl'va.
J'allais mourir sur c' rivage,
Lorsqu'un beau sapeur sans peur,
Pour m' consoler du veuvage,
M'offrit sa barbe et son cœur.
(*Parlé*.) C'est que, sapristi !...
    Vivandière, etc.

Dans les champs d' l'Italie
J' portai l' bidon fièr'ment ;
Plus tard j' vis la patrie
Du Chinois d' paravent.
Pendant qu'à la baïonnette
Nous soumettions l'ennemi,
Je menais à la baguette
Mon bel amour de mari.
(*Parlé*.) C'est que, sapristi !...
    Vivandière, etc.

De ce beau militaire,
Ma gloire et mes amours,
J'ose espérer qu' la guerre
Epargnera les jours.
Avec soin je le ménage ;
Pour moi, quel sort affligeant,
S'il devait plier bagage
Sans m' l'aisser un remplaçant !
(*Parlé*.) C'est que, sapristi !...
    Vivandière, etc.

Maurice PATEZ.

LE
SOLDAT EN GOGUETTE

Paroles de

PAUL DE KOCK

Air : *Trou la la*, ou *J'ai de l'argent.*

J' suis en fonds, (*bis.*)
Chantons, rions et *bouffons;*
J' suis en fonds, (*bis.*)
En avant les carafons !

Camarad's, vous saurez donc
Que de ma tant' c'est un don;
Dix écus, ni moins ni plus,
Qu'elle m'envoie en *quibus!*
    J' suis en fonds, etc.

Sergent, caporal, et vous,
Tambours, venez avec nous;
Je voudrais dans ce moment
Régaler tout l' régiment.
    J' suis en fonds, etc.

J'ai reçu ce boursicot
Avec un gilet d' tricot;
Pour que l' régal soit complet,
Nous mangerons le gilet.
    J' suis en fonds, etc.

Si ma tante ne m' donn' plus rien,
J'ai mon oncle, il a du bien!...
Et j'aim' trop les restaurants
Pour oublier mes parents.
    J' suis en fonds, etc.

Garçon, mettez, sans retard,
Du suc' dans l'om'lette au lard,
Et soignez le bain de pied
Du p'tit verre de l'amitié,
   J' suis en fonds, etc.

On doit se battre demain :
Jurons, le verre à la main,
Pour mieux vexer l'étranger,
De tout boire et d' tout manger.
   J' suis en fonds, etc.

En guerr', le métier d' soldat
Est vraiment un bel état ;
Un boulet peut nous r'lancer,
C' n'est pas la pein' d'amasser.
   J' suis en fonds, etc.

Si l' canon m' sign' mon renvoi,
Camarad's, promettez-moi
A ma santé d' boire encor,
Même après que je s'rai mort.
   J' suis en fonds, (*bis*)
  Chantons, rions et *bouffons;*
   J' suis en fonds,
  En avant les carafons!

LE

TAMBOUR

La musique se trouve chez **A. HURÉ**, libraire-éditeur, à Paris, rue du Petit-Carreau, 14.

Je suis un simple tambour,
Je sais mieux boire que lire ;
Si l'on m'avait fait instruire,
Je serais chef à mon tour.
   bis

J'utilise ma mémoire
A défaut d'instruction,
Et je chante notre gloire
En battant un rigodon.
Ran plan, pataplan, plan, plan,
  Plan plan, plan plan, plan plan,
Ran plan, pataplan, plan plan,
    Plan plan, plan plan,
  Pata plan, pata plan.

Quand au Russe on nous lança,
Nos bannières étaient neuves ;
Mais nous avons fait nos preuves
Sur le plateau de l'Alma,
Nos pères étaient habiles
Et surtout impétueux ;
Mais sur le dos des Kabyles
N'avons-nous pas fait comme eux ?
      Ran plan, etc.

Frères ! que disent ces trous
Faits au drapeau tricolore ?
C'est qu'au-delà du Bosphore
On parle encore de nous.
Quand les képis écarlates
Ont relevé le turban,
On vit les casquettes plates
Filer sans faire en partant :
      Ran plan, etc.

Un jour, on livrait l'assaut :
Nous touchions à la muraille,
Quand un monceau de mitraille
Faillit me rendre manchot.
Après une autre décharge,
Avec un bras seulement,
J'ai toujours battu la charge,
Et même le roulement.
      Ran plan, etc.

Nos aïeux se sont montrés !
De plaisir mon cœur tressaille
Quand je fixe la médaille
Dont on les a décorés.

C'est une marque nouvelle
Pour honorer leurs vertus ;
Cet insigne nous rappelle
Les triomphes qu'ils ont eus.
    Ran plan, etc.

Que ne revient-il, ce temps
D'héroïsme et de courage ?
Ceux qu'épargnait le carnage
Ne végétaient pas longtemps :
Sur nos généraux d'Arcole
On compte vingt troubadours,
Qui tous sortaient de l'école...
De l'école des tambours.
    Ran plan, etc.

On s'étonne, en garnison,
Du charme de ma musique ;
Vous qui parlez de physique,
Venez prendre une leçon.
Lorsque j'adorais Jeannette,
Qui d'abord ne m'aimait pas,
La vertu de ma baguette
L'a fait tomber dans mes bras.
    Ran plan, etc.

Si je dois rester troupier,
Je deviendrai tambour-maître ;
Ce jour-là, j'enverrai paître
La cuissière et le collier.
J'irai montrer à ma Jeanne
Mes galons de caporal,
Et j'appellerai ma canne
Mon bâton de maréchal.
    Ran plan, etc.

EMILE CARRÉ.

FIN

TABLE

Paris. — Typographie Beaulé, rue Jacques de Brosse, 10.

9 782019 166588